Übersetzung aus dem Englischen: Stine Svenja Fahrich
Umschlaggestaltung: Wolfgang Berger
Satz: Achim Münster
Redaktion: Annica Strehlow

Printed in the EU
ISBN 978-3-7704-0745-3

www.egmont-shop.de
www.egmont-baeng.de
egmont-baeng

story house
EGMONT

Disney

20.000 Meilen unter dem Meer

Mit Micky, Donald und Goofy

Adaptiert von

Tea Orsi

Illustriert von

Goodname Studio

ES WAR EIN SONNIGER MORGEN in New York als Professor Micky Mausnax, ein berühmter Meeresforscher, zusammen mit seinem Assistenten Doneil zum Hafen lief. Sie wollten an einer Expedition auf dem Segelschiff *Victory* teilnehmen. Dafür hatte Doneil alle Instrumente und Papiere eingepackt, die er im Büro des Professors hatte finden können.

»Willkommen an Bord, Professor!«, rief Kapitän Karlogut und empfing Mausnax mit offenen Armen. »Bereit, uns bei der Jagd nach dem Meeresungeheuer zu helfen?«

»Ich jage keine Meerestiere, ich studiere sie«, antwortete Mausnax.

Der Kapitän, der ihm gar nicht zuzuhören schien, lächelte nur. Es gab Gerüchte, dass in den letzten Wochen ein Monster mehrere Schiffe angegriffen hatte. Die Regierung hatte deshalb eine Belohnung für denjenigen ausgeschrieben, der das Ungeheuer fangen konnte. Mausnax wusste das und machte es sich zur Aufgabe, Karlogut genau im Auge zu behalten, um die Meereskreatur zu schützen.

Als Doneil und Mausnax das Schiff betraten, kam ein freundlicher Matrose auf sie zu. »Hallo, ich bin Goofy Land! Ich bin für die Fischnetze verantwortlich.« Er wollte ihnen gerade seine Netze zeigen, da stolperte er über seine eigenen Füße und verhedderte sich. »Ein Glück! Ich glaube nicht, dass er dazu in der Lage ist, das Monster zu fangen«, flüsterte der Professor erleichtert zu Doneil.

Bald darauf hisste das Schiff die Segel und setzte Kurs Richtung Süden, wo das Monster zuletzt gesehen worden war. Mausnax verbrachte den ganzen Tag an Deck. Noch nie hatte er so viele Meerestiere auf einmal gesehen und machte eifrig Notizen.

Doneil wollte Mausnax bei seinen Studien behilflich sein, doch er kam nicht so gut mit den Meeresbewohnern zurecht. Mausnax bemerkte derweil, dass Kapitän Karlogut immer ungeduldiger wurde und bereits Pläne schmiedete, wie er die Belohnung ausgeben wollte.

Da das Monster aber nicht auftauchte, widmeten sich Mausnax und seine Freunde anderen Meeresbewohnern, die ihnen über den Weg liefen. »Es ist großartig, die Tiere so hautnah beobachten zu können«, sagte der Professor vergnügt.

»Ähm, schon ... aber so nah müssen sie gar nicht sein! Autsch!«, jaulte Goofy. Doneil stimmte schweigend zu.

Eines Nachts, als Mausnax in seiner Kajüte schlief, stürmte Doneil aufgeregt hinein.

»Ich habe das Monster gesehen!«, schrie er verängstigt und begeistert zugleich. Mausnax sprang aus seiner Koje, zog sich blitzschnell an und rannte an Deck.

Dort erwartete sie bereits Kapitän Karlogut, der mit einer unheimlichen Stimme fragte: »Seid ihr bereit, den größten Fang aller Zeiten mitzuerleben?«

Mausnax hörte ein Rauschen, das aus der sonst so ruhigen See drang. Er lehnte sich vorsichtig über die Reling, um zu sehen, was sich unter den dunklen Wellen verbarg. Er hob seine Laterne ... und sah eine große, spitze Rückenflosse neben dem Schiff auftauchen. Welcher Kreatur könnte so eine Flosse gehören? Es sah weder wie ein Hai, noch wie ein Schwertwal aus.

»Mach schon, Goofy! Wirf das Netz aus, bevor uns das Monster angreift!«, brüllte Kapitän Karlogut.

»Wartet! Es schwimmt an uns vorbei! Wir sollten es nicht verängstigen!«, rief Mausnax. Plötzlich überrollte eine große Welle den Bug und riss ihn, Doneil und Goofy mit sich.

Etwas hatte den Rumpf des Schiffs getroffen. »Hiiilfe!«, schrie Doneil, aber es war schon zu spät. Das Schiff neigte sich zur Seite, sodass Mausnax, Doneil und Goofy fast über die Reling rutschten.

»Haltet euch fest!«, rief Mausnax. Doch im nächsten Moment spülte eine große Welle die drei ins offene Meer. Kapitän Karlogut beobachtete alles, aber kam ihnen nicht zu Hilfe.

Die drei Freunde kamen nicht gegen die Strömung an. »Ich will nicht als Fischfutter enden!«, jammerte Doneil.

In diesem Moment passierte etwas Unglaubliches! Drei Tentakel schlangen sich um ihre Körper und zogen sie unter Wasser.

Als sie sich umdrehten, waren der Professor und seine Freunde sprachlos. Vor ihnen befand sich kein Monster, sondern das größte und modernste Unterseeboot, das sie je gesehen hatten. Es war ein Koloss aus Eisen, aus dem sich die langen Tentakel wanden, die sie umschlangen.

Auf dem Rücken des Ungetüms befand sich die spitze Flosse, die sie vom Schiff aus gesehen hatten. Mausnax bemerkte zudem, dass die Bullaugen hell erleuchtet waren: Jemand musste an Bord sein! Bevor er weiter darüber nachdenken konnte, wurden sie von den Tentakeln in das Unterwasserfahrzeug gezogen.

Wenige Augenblicke später fanden sich Mausnax, Doneil und Goofy in einem seltsamen Raum voller bunter Knöpfe, Hebel und piepender Maschinen wieder. »Wo sind wir?«, fragte Doneil und sah sich verwundert um. Eine Stimme sprach aus den Schatten heraus: »Ihr seid an Bord der *Nautilus*, die sich 20.000 Meilen unter dem Meer befindet. Willkommen an Bord!«

Als der Sprecher aus dem Schatten heraustrat, sahen die Freunde einen freundlichen Kapitän vor sich. »Mein Name ist Nemo und das hier ist mein Unterseeboot. Ich hoffe, ich habe euch nicht erschreckt.« Doneil und Goofy waren wie vom Donner gerührt. »Nein, aber die Landung war ehrlich gesagt etwas hart«, antwortete Mausnax.

Nemo freute sich über die Gesellschaft. Er hatte die *Nautilus* selbst gebaut und lebte schon seit ein paar Jahren allein an Bord. Er war ein genialer Erfinder und liebte wie Mausnax alle Meeresbewohner, vom winzigen Plankton bis zum riesigen Walfisch. Ohne eine Crew war Nemo leider der Einzige, der das Schiff steuern konnte, und schlief daher oft vor Erschöpfung ein.

»Ich bin hin und wieder mit etwas zusammengestoßen. Das System muss noch perfektioniert werden«, gestand der Kapitän. Da wurde Mausnax klar, dass die Besatzungen der beschädigten Schiffe die *Nautilus* wohl für ein Monster gehalten hatten.

Als guter Gastgeber, der Nemo gerne sein wollte, zeigte er seinen Freunden die Schätze, die er auf seinen Reisen gefunden hatte. Eines Morgens ließ er sie sonderbare Anzüge anziehen.

»Ich habe sie so gebaut, dass man mit ihnen auf dem Meeresboden laufen und atmen kann, als wäre man an Land«, erklärte er. Mausnax und die anderen folgten Nemo durch einen Wald aus Seegras, bis sie zu einer riesigen Auster kamen, die die größte und schönste Perle beherbergte, die sie je gesehen hatten.

Während Mausnax noch die Perle betrachtete, zeigte Nemo Goofy und Doneil eine außergewöhnliche Pfeife, in die er auch sogleich hineinblies. »Ich habe nichts gehört. Vielleicht ist mein Helm zu dick«, sagte Goofy.

»Das liegt daran, dass nur bestimmte Lebewesen diesen Ton wahrnehmen können. Es ist ein ganz spezieller Ruf nach ...« Plötzlich wurde Doneil von einem riesigen Tentakel ergriffen.

»... einem Kraken!«, beendete Nemo den Satz.

Leider war Doneil gar nicht glücklich über seine Situation. »Helft mir!«, schrie er, denn der Kraken ließ ihn nicht los.

»O nein, wir müssen Doneil befreien, ohne den Kraken zu verletzen!«, sagte Mausnax besorgt.

Nemo lachte. »Der möchte nur spielen«, versicherte er.

Kapitän Nemo sah sich kurz um und schwamm dann zum Meeresboden. Dort pflückte er ein langes Seetangblatt. »Genau, was ich gebraucht habe!«, sagte er zufrieden.

»Sollen wir daraus ein Netz knüpfen?«, fragte Goofy verwirrt. Nemo schwamm zum Kraken und hielt das Blatt unter seinen Körper. Durch die Strömung bewegte es sich hin und her und kitzelte den Kraken.

Die Kreatur musste auf ihre eigene Art gelacht haben, denn die Tentakel lockerten sich und ließen Doneil in den Sand plumpsen. Endlich war er frei, aber er hatte so langsam genug davon, von Tentakeln gepackt zu werden.

Eine Stunde später waren alle wieder an Bord der *Nautilus*. Doneil bibberte, weil er immer noch die Begegnung mit dem Kraken verarbeiten musste. »Was wäre gewesen, wenn er mich nicht mehr losgelassen hätte?«, murmelte er ängstlich und schlürfte zitternd seinen Tee. Er tat Goofy leid. Also schnappte der sich ein paar der mechanischen Spielzeuge, die Nemo gebaut hatte, und versuchte mit ihnen zu jonglieren. Das mochten die Spielzeuge wiederum gar nicht und jagten ihm verärgert hinterher.

Unterdessen saßen Mausnax und Nemo in der Kapitänskajüte. »Ich würde mich freuen, wenn du bei mir bleiben würdest. Als Navigator könntest du alle Weltmeere erkunden. Aber ich weiß, dass das Leben unter Wasser nicht für jeden etwas ist«, sagte Nemo. Mausnax musste ihm leider zustimmen. »Ich würde gerne mit dir Abenteuer erleben, aber Doneil will nach Hause und ich möchte ihn nicht allein lassen.«

»Das ist schade, aber verständlich. Ich bringe euch hier an Land«, versprach Nemo und zeigte Mausnax eine Insel auf einer Karte.

»Natürlich will ich zurück an Land, Professor!«, gab Doneil zu, als Mausnax von Nemos Plänen berichtete. »Ich ertrage diese Dunkelheit nicht mehr! Und diese Tentakel sollen mir auch vom Leib bleiben!«

Am nächsten Tag gelangten sie zu der Insel, von der Nemo gesprochen hatte. Doch Goofy blieb überraschenderweise am Steg stehen. Er wollte beim Kapitän bleiben. »Nemo ist viel netter als Karlogut und außerdem muss ich hier keine Netze reparieren«, sagte er.

Die Freunde bemerkten nicht, dass sie beobachtet wurden. Mit einem fiesen Grinsen schaute Karlogut durch sein Fernrohr. Seit der Nacht des Zusammenstoßes hatte er wie besessen nach dem Monster gesucht. Doch als er die *Nautilus* auftauchen sah, hatte er ein neues Ziel gefunden. »Wenn sich das Monster nicht zeigt, schnappe ich mir eben dieses hübsche Schifflein. Dann werde ich der Herrscher der Meere! Die Tiefsee und all ihre Schätze werden mein sein!«, murmelte er und befahl seiner Mannschaft, sich auf den Angriff vorzubereiten.

»Hey Mausnax, das ist doch das Schiff von Karlogut!«, rief Doneil und zeigte auf die *Victory*, die sich rasant dem Ufer näherte. »Schade, dass ihr kein Fischfutter geworden seid!«, brüllte Karlogut zornig von Deck, als er die drei Freunde sah.

»Du hättest uns helfen müssen!«, rief Mausnax zurück.

»Ihr seid mir doch egal! Gebt mir sofort das Boot, sonst setzt es was!«, drohte Karlogut mit erhobener Faust.

»Niemals! Die *Nautilus* gehört mir! Ich werde sie nicht in falsche Hände fallen lassen!«, rief Nemo. Er konnte Karlogut ansehen, dass der nichts Gutes im Schilde führte. Er musste die *Nautilus* beschützen!

Karloguts Schiff kam immer näher. »Was sollen wir tun?«, jammerte Doneil verzweifelt. Da kam Mausnax eine Idee! Er drehte sich zu Nemo: »Kapitän, kann ich die besondere Pfeife haben?«

Nemo wusste sofort, was Mausnax vorhatte. »Du musst sie ins Wasser halten!«

Mausnax nickte. Er rannte zum Ufer, steckte seinen Kopf unter Wasser und pustete. Da tauchte der Krake plötzlich neben der *Victory* auf!

Mausnax' Plan ging auf. Als der Krake Karlogut ansah, erstarrte der sonst so großmäulige Kapitän vor Angst. »Du wolltest doch unbedingt ein Monster sehen, Kapitän!«, gluckste Goofy vergnügt beim Anblick des zitternden Karloguts.

Der Krake wollte gerade anfangen, seine Tentakel um das Schiff zu schlingen, da erwachte Karlogut aus seiner Starre. »Hisst die Segel! Schnell!«, krächzte er. Die Seemänner folgten dem Befehl, wendeten das Schiff und segelten so schnell sie konnten davon.

»Das war ein kluger Schachzug, Professor!«, sagte Nemo zu Mausnax. »Die *Nautilus* ist gerettet! Danke!«

»Ich muss mich bedanken, Kapitän. Du hast mir die erstaunlichsten Dinge gezeigt«, antwortete Mausnax mit einem Lächeln.

»Und ich bin glücklich, weil ich dieses Abenteuer fortsetzen darf!«, jubelte Goofy, als er in das Boot einstieg.

Professor Mausnax und Doneil wünschten ihnen eine gute Reise und schauten der *Nautilus* hinterher, bis sie unter der Meeresoberfläche verschwand. Der Abschied fiel Mausnax schwer, doch er wusste, dass sie sich eines Tages wiedersehen würden. Und er war glücklich, weil seine geliebte Unterwasserwelt von jemandem beschützt wurde, dem sie genauso viel bedeutete wie ihm.